Leon Pirat

Christine Nöstlinger, geboren 1936, lebt in Wien und in Niederösterreich. Sie schreibt für Fernsehen, Radio und Zeitungen, veröffentlicht Gedichte und Romane, vor allem aber Kinder- und Jugendbücher, für die sie mit vielen Preisen ausgezeichnet wurde.
So erhielt sie für ihr Gesamtwerk den bedeutenden Hans-Christian-Andersen-Preis und, gemeinsam mit Maurice Sendak, den Astrid-Lindgren-Gedächtnispreis.

Thomas M. Müller, geboren 1966, lebt in Leipzig. Er studierte an der Kantonalen Schule für Gestaltung in Luzern sowie an der Hochschule für Grafik und Buchkunst in Leipzig, an der er heute unterrichtet. Für seine Plakate, Grafiken und Buchillustrationen wurde er mehrfach ausgezeichnet.

Herausgegeben in Zusammenarbeit mit dem Moritz Verlag
von Markus Weber

www.beltz.de
Erstmals als MINIMAX bei Beltz & Gelberg im August 2009
© 2006 Beltz & Gelberg
in der Verlagsgruppe Beltz · Weinheim Basel
Alle Rechte für diese Ausgabe vorbehalten
Neue Rechtschreibung
Gesamtherstellung: Beltz Druckpartner, Hemsbach
Printed in Germany
ISBN 978-3-407-76079-1
2 3 4 5 12 11 10

Christine Nöstlinger • Thomas M. Müller

Leon Pirat

BELTZ & Gelberg

Leons Papa war Kapitän auf einem Piratenschiff mit drei Piraten, dem Langen, dem Kurzen und dem Dicken. Der Lange steuerte, der Kurze putzte, der Dicke kochte.

Das Schiff segelte das ganze Jahr auf dem Meer rum, nur einmal im Monat ankerte es für einen Tag vor der Insel, auf der Leons Mama lebte, die nichts vom Piratenleben hielt, weil ihr kotzübel wurde, wenn ein Schiff auf den Wellen schaukelte.

Nach Leons Geburt hatten seine Eltern ausgemacht: Solang er klein ist, bleibt er auf der Insel, misst er einen Meter, geht er an Bord!

Nun maß Leon einen Meter fünf Zentimeter, lebte auf dem Schiff und besuchte jeden Monat seine Mama auf der Insel.

Dort besorgte sein Papa Trinkwasser und Vorräte, und der Dicke, der Kurze und der Lange schleppten Fleisch, Eier, Mehl, Gemüse und andere gute Sachen aufs Schiff.
Leons Papa war nämlich ein Vielfraß.

Eigentlich überfallen Piraten ja Schiffe. Aber dort, wo Leons Papa segelte, gab es keine Schiffe mit Schätzen. Da gab es nur Fischkutter, von denen nichts zu holen war. Darum suchte Leons Papa nach dem Schiff, von dem sein Opa erzählt hatte. »Vor hundert Jahren«, hatte er gesagt, »ist es vor einer klitzekleinen Insel gesunken, mit Kisten voll Gold. Das Meer ist dort so seicht, dass die Mastspitze aus dem Wasser ragt!« Bloß hatte er vergessen, wo die klitzekleine Insel lag. Und darum suchte Leons Papa seit vielen Jahren die ganze Gegend nach der Mastspitze ab.

Leon war gern auf dem Schiff. Am liebsten war er beim Dicken in der Kombüse. »Wenn ich groß bin, will ich auch Koch sein«, sagte er einmal zum Dicken.
»Unmöglich!«, rief der Dicke. »Du musst Kapitän werden, weil auch dein Opa und dein Uropa Kapitäne waren. Das nennt man Tradition, und wenn du die nicht fortsetzt, stirbt dein Papa vor Kummer!«

Leon wollte nicht, dass sein Papa vor Kummer stirbt. Also trainierte er auf Kapitän. Lernte, wie man das Piratentuch bindet, wie man mit dem Dolch zwischen den Zähnen auf den Mast klettert und wie man mit dem Säbel fuchtelt. Auf schwarze Flaggen weiße Totenköpfe malen, lernte er. Und flink zählen! Weil ein Kapitän wissen muss, wie viele Goldstücke in der Schatztruhe sind. Und jeden Tag stand er am Bug und schaute nach der Mastspitze aus. Aber heimlich, wenn es sein Papa nicht merkt, schlich er zum Dicken in die Kombüse und half ihm. Und jeden Abend nahm er das Kochbuch in die Hängematte mit und las vor dem Einschlafen darin.

Eines Tages kam – aus heiterem Himmel – eine riesige Welle, schwappte über das Deck und riss den Dicken, der an der Reling das Schneidbrett putzte, mit sich. (Ersoffen ist er nicht! Er ist auf dem Brett zu einer Insel und hat dort geheiratet.) Leons Papa sagte: »Ab jetzt kocht der Lange!«
»Ich kann nicht kochen!«, protestierte der Lange.
Leons Papa bekam seinen gefürchteten Chefpiratenblick und brüllte: »Kochen kann jeder Depp! Ab in die Kombüse mit dir!«
Der Lange stolperte zur Küche, Leons Papa rief ihm nach: »Gulasch will ich heute! Punkt zwölf!«

Punkt zwölf kam der Lange mit dem Gulaschtopf an Deck. Leons Papa schöpfte sich den Napf voll. Kaum hatte er zwei Bissen geschluckt, röchelte er: »Wasser!«, und trank den Wasserkrug in einem Zug leer. Dann wischte er sich Schweißperlen von der Stirn und schnaubte: »Wicht, welches Höllenzeug ist da drin?«

»Wa-wa-was im Rezept steht«, stotterte der Lange. »Zwei Ki-ki-kilo Fleisch, ein Kilo scharfes Paprikapulver und einen Lö-lö-löffel Zwiebel!«

Leon sagte: »Ein Löffel Paprikapulver und ein Kilo Zwiebel steht im Kochbuch.«

»So blöd kann einer allein ja gar nicht sein!«, brüllte Leons Papa, packte den Wasserkrug und warf ihn dem Langen an den Kopf.

»Jetzt reicht's mir!«, sagte der Lange, »ich hab deine Mastspitzen-Sucherei sowieso satt!« Er flitzte zum Heck, kletterte über die Reling, sprang ins Beiboot, säbelte mit dem Dolch das Tau durch und ruderte davon.
Leons Papa sagte: »Ab jetzt steuere ich und der Kurze kocht!«
Dann holte er die Zwiebackkiste und teilte, was darin war, mit Leon und dem Kurzen. Aber satt wurde er davon nicht. In der Nacht knurrte sein Magen, als säße ein grantiger Dackel drin.
Am nächsten Tag sagte Leons Papa zum Kurzen: »Schweinsbraten will ich heute, jede Menge, ich hab seit vorgestern nichts Vernünftiges im Bauch!« Der Kurze trollte sich in die Kombüse.

Punkt zwölf kam er mit einem rabenschwarzen Klumpen an Deck und Leons Papa brüllte: »Wicht, was hast du da verbrochen?«
»Kei-kei-keine Ahnung«, stotterte der Kurze. »Wie's im Kochbuch steht, hab ich ihn drei Stu-stu-stunden im Ofen gelassen.«
Leon sagte: »Du hast zu viel Holz in den Ofen getan.«
»So blöd kann einer allein ja gar nicht sein!«, brüllte Leons Papa, packte den rabenschwarzen Brocken und warf ihn dem Kurzen an den Kopf.

»Jetzt reicht's mir auch!«, sagte der Kurze. »Ich hab deine Mastspitzen-Sucherei sowieso satt!« Er grapschte sich einen Rettungsring, sprang ins Wasser und strampelte auf eine Insel zu. Leons Papa sagte: »Ab morgen koche ich!«

Dann ging er in die Vorratskammer, um Zwieback zu holen, aber es war keiner mehr da. So brachte er einen Korb Karotten. Den mampfte er mit Leon leer. Aber satt wurde er davon nicht. Diesmal knurrte in der Nacht sein Magen, als wären zwei Dackel drin, die miteinander kämpften.

Am nächsten Morgen jammerte Leons Papa: »Ich sterbe vor Hunger. Ich koche mir jetzt gleich eine schöne, dicke Mehlsuppe mit viel Schmalz!«

Er lief in die Küche, und es dauerte nicht lang, da kam er mit dem Suppentopf an Deck.
Leon sah in den Topf und fragte: »Wieso schäumt die Suppe?«
»Keine Ahnung!«, murmelte Leons Papa und hob den Topf zum Mund. Kaum war sein Mund voll Suppe, raste er zur Reling und kotzte, schaurig stöhnend, ins Meer. Leon wartete, bis sein Papa mit dem Kotzen fertig war, dann fragte er: »Kann es sein, dass du statt Schmalz Schmierseife erwischt hast?«
»Das kann sein!«, schluchzte Leons Papa, sank geschafft zu Boden und wimmerte: »Ich sterbe vor Hunger – echt wahr, ich sterbe vor Hunger!«

Leon dachte: Vor Hunger sterben ist vielleicht noch schlimmer, als vor Kummer sterben!
Er lief in die Küche, tat Schmalz in die Pfanne und Zwiebelringe und Salzgurkenscheiben, schlug Eier drüber, ließ alles durchbrutzeln ...

... und brachte die Pfanne seinem Papa. Leons Papa verschlang schmatzend den Eier-Mischmasch.
Als die Pfanne leer war, sagte er: »Diese schrecklichen drei Tage haben mich gelehrt, dass der wichtigste Mann an Bord der Koch ist, und weil du mal der wichtigste Mann an Bord sein sollst, will ich, dass du ab jetzt auf Koch trainierst!«
»Ich muss doch Kapitän werden«, sagte Leon. »Wegen der Tradition!«

»Sowieso!«, rief Leons Papa. »Du wirst der erste Koch im Kapitänsrang! Und jetzt fang mit dem Training an. Speckknödel schlage ich als heutige Übung vor!«
Leon sprang an seinem Papa hoch und biss ihn in die Nase. Statt Küssen gibt's bei Piraten nämlich Nasenbisse.
Und weil Piraten beim Nasenbeißen – wie andere Leute beim Küssen – die Augen schließen, sahen Leon und sein Papa nicht, dass ihr Schiff gerade an einer klitzekleinen Insel vorbei segelte und dass vor dieser Insel die Spitze eines Mastes gut einen Meter aus dem Wasser ragte.

Macht aber nichts! Die beiden hatten ja noch viele Jahre Zeit, um zusammen das gesunkene Schiff zu finden.

In der Reihe
MINIMAX
liegen vor:

Martin Baltscheit
Die Geschichte vom Löwen…

Kate Banks · Georg Hallensleben
Augen zu, kleiner Tiger!

Jutta Bauer
Die Königin der Farben

Jutta Bauer · Kirsten Boie
Kein Tag für Juli
Juli, der Finder
Juli und das Monster
Juli und die Liebe
Juli tut Gutes
Juli wird Erster

Rotraut Susanne Berner
Das Abenteuer

Anthony Browne
Stimmen im Park

Chen Jianghong
Han Gan und das Wunderpferd

Chih-Yuan Chen
Gui-Gui, das kleine Entodil

Mireille d'Allancé
Auf meinen Papa ist Verlass
Robbi regt sich auf

Theodor Fontane · Nonny Hogrogian
Herr von Ribbeck auf Ribbeck

Helme Heine
Freunde (dt., engl., franz., türk.)
Na warte, sagte Schwarte
Der Rennwagen
Das schönste Ei der Welt

Satomi Ichikawa
Was macht ein Bär in Afrika?

Ernst Jandl · Norman Junge
fünfter sein

Janosch
Oh, wie schön ist Panama (dt., engl.)
Post für den Tiger (dt., engl.)
Komm, wir finden einen Schatz
Ich mach dich gesund,
 sagte der Bär (dt., engl.)
Guten Tag, kleines Schweinchen

Klaus Kordon · Peter Schimmel
Die Lisa

Pija Lindenbaum
Franziska und die Wölfe
Franziska und die Elchbrüder
Franziska und die dussligen Schafe

Leo Lionni
Alexander und die Aufziehmaus
Der Buchstabenbaum
Cornelius
Das gehört mir!
Fisch ist Fisch

Frederick
Matthias und sein Traum
Sechs Krähen
Swimmy

Gerda Muller
Was war hier bloß los?

Nadja
Blauer Hund

Ulf Nilsson · Anna-Clara Tidholm
Adieu, Herr Muffin

Christine Nöstlinger · Thomas Müller
Leon Pirat

Lorenz Pauli · Kathrin Schärer
mutig, mutig

Geoffroy de Pennart
Sophie macht Musik

Sergej Prokofjew · Frans Haacken
Peter und der Wolf

Mario Ramos
Ich bin der Schönste im ganzen Land!
Ich bin der Stärkste im ganzen Land!

Rafik Schami · Peter Knorr
Der Wunderkasten

Axel Scheffler · Jon Blake
He Duda

Axel Scheffler · Julia Donaldson
Mein Haus ist zu eng und zu klein
Riese Rick macht sich schick

Axel Scheffler · Phyllis Root
Sam und das Meer

Marian De Smet · Marja Meijer
Abgeschlossen

Monika Spang · Sonja Bougaeva
Das große Gähnen

Anaïs Vaugelade
Lorenz ganz allein
Steinsuppe

Max Velthuijs
»Was ist das?«, fragt der Frosch

Dolf Verroen · Wolf Erlbruch
Der Bär auf dem Spielplatz

Philip Waechter
Rosi in der Geisterbahn

Philip Waechter · Kirsten Boie
Was war zuerst da?

Chris Wormell
Zwei Frösche, ein Stock und ein Hund…

Ed Young
7 blinde Mäuse